KB216292

詩苑

Since 2002

김용식 | 박미자 | 배택훈 | 손창완 | 이명자 | 이태동
이용우 | 장기혁 | 최재영 | 황순옥 | 한인숙 | 현상연

지혜

인사말

여름의 중심인 삼복더위가 뒤안길로 사라지고
이제 지친 마음을 추스려야 하는 가을입니다.
긴 장마와 무더위 속
또 하나의 탄생을 준비하시느라
수고 많이 하셨습니다.
문학이라는 인연으로
이십삼 년이면 강산이 두 번 바뀌고도 남는 시간인데
이렇듯 오랜 시간 함께 할 수 있다는 것은
서로 공감하고 이해할 수 있는
문학이 있기 때문이라 생각됩니다.
서로 소통할 수 있다는 것 또한
또 다른 세계를 발견하는 게 아닐까 싶습니다.
언제나 신선하게 응축된 시어를 건져 올리는
시원이 되었으면 좋겠습니다.

또 한 번의 먹물을 지면에 남기며
가장 밑바닥을 끌어올려 치열한 상상력과 사유의 기둥에 기대어

수고하신 회원님들께 심심한 감사의 인사와 위로의 말씀 드리며

가장 아름답고 멋진 시원님들 사랑합니다!

2024년 10월

시원 문학 동인회 회장 현상연

차례

인사말 4

김용식

방향 잃은 입씨름 13
연습실 골방에서 14
밤공기가 붉다 16
소리에 민감하다 18
꽃의 별곡 – 비단풀꽃 19
언어의 온도는 과부하 21

박미자

비문증 25
그분 27
의자를 힐끗 29
장미와 말을 섞다 31
재채기 32
소원 목련 34

배택훈

한가위 37
5월 38
개망초 40
요양원, 엄마 보따리 41
그믐달, 섬에서 43
평택 강 45

손창완

무봉산에서 49
할미꽃 51
추억 52
조팝꽃 53
어머니의 밥상 55
기찻길 옆 57

이명자

백련이 피었다 61
칸나 62
평택에 다시 돌아왔다 63
오래된 산책 64
망초꽃 65
평창에서 66

이태동

안아 줄 때 69
거울 70
자반自反 고등어 72
제비처럼 73
복날 74
금계국 76

이용우

수탉 79
네가 그리우면 나는 외롭다 80
해바라기 81
'삶'자 풀이 82
아버지의 전족纏足 보행 84
빗소리 86

장기혁

참외 통째로 먹기 91
추일서정秋日抒情 93
창 밖 세상 95
땅땅땅 97
의미意味 99
청춘靑春에게 100

최재영

꽈배기 105
한 참 107
적멸의 마애불 109
능소화凌霄花 111
사과 112
모슬포 114

황순옥

뿌리들의 갈증 ---- 119
중년의 길목에서 ---- 120
나의 안부를 묻다 ---- 121
얼굴에 핀 꽃 ---- 122
하얀 지팡이 ---- 124
벚꽃은 지는데 ---- 125

한인숙

나는 새는 날개를 접지 않는다 ---- 129
너의 시간 ---- 130
깨를 볶다 ---- 132
붉음에 물들다 ---- 133
냉이꽃 ---- 134
백일홍 ---- 136

현상연

테트라포드 ---- 139
1시와 3시 사이 ---- 141
실종된 슈 ---- 143
간 고등어 ---- 145
판, 벌이다 ---- 147
비대한 슬픔 ---- 149

김용식

| 김 용 식 |

군산 출생

서정문학 신인문학상 수상

서정문학 회원

한국문인협회 회원

평택문인협회 회원

시집『그리움의 사선』

방향 잃은 입씨름

예절은 규칙이다
지하철에서 신발을 벗고 규칙에서 벗어난 자
안전 기둥에 걸쳐놓은 그자 두 발이
미끄럼을 타고 있다
예의를 벗어난 고린내 묻은 인성이
미끄러지고 미끄러지기가 되풀이 된다
예의 주시한 눈빛 하나가 예절은 이런 것이라고 꼬집듯
하고픈 말을 발끝에 걸어놓고 신발 한 짝만을 겨냥한다
그자 신발 한 짝을 툭툭 차고 가는 드리블러는
함무라비 법전 중 하나를 읊조리더니
쓰레기통에 처박아 버린다
동네 개도 집사가 귀하게 여기면 귀공자가 된다니
발길질당하는 똥개라면 집사 잘못일 게다
걷어차인 똥개가 된 신발 탓에
입씨름이 엉켜지더니 꼬리 치는 저 허접들은
낫질 당하는 댕댕이덩굴처럼 방향을 잃어간다
지하철 빌런 허접1은 차인 신발에만 꽂히고
드리블러 허접2는 으적거리는 감정에 충실하다가
조율 없는 설전이 무승부로 등 돌리고 만다

연습실 골방에서

호흡이 전부일 때가 있다
두우 투우, 호흡이 혀와 다투게 되면
혀끝은 서두름과 멈춤의 갈등에서 방황한다
정답은 없고 해답을 찾다보면
가끔 목관을 통하여 별미가 나오기도 한다
술이 고플 땐 첫 잔술로도 달콤한 세레나데가 되는데
첫 음부터 갈피를 잡지 못하니 에둘러도 쓰디쓰다
그렇게 뱃속부터 오르는 깊은 호흡의 맛깔이
오류를 범할 땐 똬리 튼 음표들이 구령 치기를 하지
머리에 찍힌 부점과 머리에 달린 꼬리, 꼬리에 꼬리
꼬리가 달린 건 다 거부하고 싶다
감추고 싶은 허점을 들킬라치면
도둑숨으로 마신 긴장감이 제 침에 걸려서는
열지 못하여 조여든 목이 컥컥거리다
또 골방 한쪽에 매달린다
두 손 포개 얼굴 박박 문대다
새끼손가락에 찔려버린 콧구멍이 싸하다
순간의 정적은 지휘봉에 잘려버린 낭패로
젠장맞을 한 가닥 숨조차 눈치 거리다

언제 멈춰야 할지 모르는 골방지기는
방울뱀의 혀라도 본 듯 소름 돋는 날갯짓을 한다
종일 벽면 수행 중 아직도 깨닫지 못한 한 숨이다

밤공기가 붉다

이 밤은 내가 가질 거야
밤늦은 시간이면 가끔 훅 땅기는 날이 있기에
늦은 밤 무너진 빛의 흔적조차 잠재우려
리모컨을 토닥토닥 다시 토닥인다
준비된 이 밤은 온통 내 거다
즐길 줄 아는 밀당은 어두워지면 더 밀어제치는 법이지
은밀한 어둠에 자극받으면 놀랄만하게 커지고
고조된 감정은 더 확장되어 장대하기 마련이다
어둠과 화려한 색채 자극으로 밤이 지배되고
암벽에 밧줄 하나로 아슬아슬한 피사체가
바다의 깊이를 물어 물을 흔들어 대고 있다
포말로 피어나는 메밀꽃*에 철썩이는 월광이
아득한 깊이에서 튀어 오를 때
열광하는 나는 신스틸러다
한데 영화는 상관없어졌고 저 달이 수상하다
밤바람은 방충망에 잡혀 다 들지 못하는데
초승달이 빌딩 꼭짓점에 걸쳐 들더니
경계 풀린 침상은 희미한 달빛으로 포개진다
이 밤이 나를 가지고 말았다

>

넷플릭스가 주는 열정적인 공기는 내 몫이었고
잠시 했을 붉은 생각의 공기는 그대 몫이다
하여, 이 밤을 그대에게도……

* 파도가 일 때 하얗게 부서지는 물보라

소리에 민감하다

때론 소리의 기둥이 날카롭다
음계에 넣은 감정을 훔치는 자는
늘 또는 간혹 계산에 넣어 두었겠지만
폭죽 쏘는 밤에 리듬은 간헐적 유배에 든다
어떤 색으로든 감성을 건드려 보아도
틈새 입김으로 꼬리를 흔들어 보아도
숨결에 들어서는 순간 찢겨나간 비늘 조각들이다
소리가 리듬 밖으로 흘러갔다 돌아와서도
누설된 음 벽엔 장벽이 쳐져있다
엄지와 검지로 정확하게 비켜 쳐 소리치는 놈
그놈은 메트로놈이라지
유배의 끝에 어찌 남겨 두고 지났을까를 두고
어떤 이들은 놈과 입을 맞추고 있고
어떤 이들은 끝없이 뒤집기를 반복한다
거친 숨결이 쓸데없이 부드러워지는 틈을 타는지
흘러갔어도 남아 있는 것에서 어깨가 일고 있다
지독한 변곡선에서 흐느적거리는 듯하지만
과한 춤사위는 거나하게 불콰진 리듬을 타는데
놈은 빈 이름처럼 흘러가고 없다

꽃의 별곡
— 비단풀꽃

납작 엎드려야 눈을 볼 수 있다
고무 옷 밑창과 비단풀이 나란하다
옷은 강렬한 빛으로 타들어 가는 게 두려워
그늘막이 필요하다는 몸짓을 하지
엎드려야 걷는 버거운 시간보다 힘든 건
혀 차는 소리와 뭇시선에 놓인 공간이다
미니슈퍼 리어카에 의지하여 들어선 곳은
옷에 숨긴 발과 나란한 비단풀꽃 밭이다
눈부처에 든 풀꽃이 예쁘다
질경이보다 더 낮아야 그 눈과 마주할 수 있다

깊숙이 숙여야 꽃을 볼 수 있다
씹다 버린 껌과 비단풀이 나란하다
바닥에 엎드린 채로 피어 있는 꽃들이
바퀴에 깔리거나 신발 밑창에 밟히면서도
모차렐라처럼 한 시절을 같이 녹여내며
너를 위해 녹아내릴 수 있는 아우름이 있다
웅크리고 있는 봉오리도 향을 담고 있어
가슴속 가득 꽃을 안고 있다

눈을 맞춰야 그 맘을 알 수 있다

더 낮은 곳에 마음 두어야 그 꽃을 볼 수 있다

언어의 온도는 과부하

종일 헛걸음이라 여기며 걷는 숲에서
갑자기 내린 작달비에 지도 하나가 잠겨있다
하늘 가까이 솟아 오른 자작나무 사이
자분자분 애증의 바람을 불러내서는
헐거워진 시간으로 벽 하나를 부셔내고 있다
다 쏟아내지 못한 것은
다 채워지지 못한 것이라고
빈처에 선 하나 그려 빗금치고 있다
언어의 온도가 과부하되어
자작자작 송두리째 끓어 오른다
속살 드러낸 접점에 그려낼 지도는
거세게 토닥여 주는 비바람이 돕고 있다
수피가 터지는 허무와 곪아 터져 나온 위로가
초대의 이유로는 좋은 날이다
엉킨 베일은 내 몸처럼 누추하게 젖어 있는가
옹이 주변에 새싹이 돋은 인내는 아직 창백하다
알 수 없는 시간에 고립되어 있어
마법 같은 조언들이 필요하다
자작나무도 한 때의 사연은 이런 것이었다고

등걸에 앉아 느껴 보란 것일까
바람에 날려 든 작달비의 유희는
어떤 페이지에든 스케치 될 일이다

박미자

| 박 미 자 |

한국문인협회 평택문인협회
한국아동문학회 경기도 지회장
평택아동문학회, 시원 문학 동인, 한맥문학동인, 한국여행문학회
굿이너프 심리상담 센터장
한국문인협회 경기도지회 시 부문 우수문학상, 평택문학상, 한국아동문학회 오늘의 작가상, 한국아동문학작가상 수상
시집『모든 시간들에겐 향기가 있다』
동시집『여기 좀 봐』,『바람 불어 좋은 날』

비문증

어느 날 갑자기
안구 쪽으로 날파리가 날아들었다
60인지 90인지
내 방식대로 해석하기엔 눈치가 보이고
비비적거리거나 뭉그적거리다가
걸려든 부유물에 꼬여버린 일정

문과 곰의 문자가 6과 9처럼
흐느적거리기도 하고 뒤집히기도 하는데
반듯하게 붙잡아놓기엔 속수무책이다
껌뻑이는 횟수만큼
증세는 희끄무레하고 불리해졌다

반려 식물들의 알레르기라고 하기엔
인공눈물이 비켜 흐르고
온전한 걸 보려 하면 화면이 바뀌고
스멀스멀 기어오르던 한 마리마저
내 부연 착각에 오류를 덧씌운다

>

불투명하게 꿈틀대는 날들을
이제 쫓아내기란 수월치 않다
슬픈 항변 속에서 해독된 것들과
한 몸이 되어가는 것이다.

그분

긴장된다
불청객 그분이 오시는 날엔
느닷없이 들이밀고 나타나시는 날엔

아이디어가 번쩍이기도 하고
주체할 수 없는 말썽이 생기기도 하고
엉뚱한 사건 사고가 생기기도 한다

불쑥 화를 내기도
벌컥 집을 나가기도
험한 독설을 쏟기도 하는

누군가에겐 기다림과 설렘이
누군가에겐 공포와 두려움이
그렇다고 버선발로 뛰쳐나가 마중하기도 그렇고
그렇다고 모른 채 외면하고 박대하기도 그렇고

어쩌면 등 뒤에서 기다리고 있는지도 몰라
윗목 구석 어딘가에 숨어있는지도 몰라

>

심상찮다
변화무쌍한 기후변동처럼
너와 나 사이에서 틀림을 강요하기도 하고
나와 내가 맞닥뜨려 으르렁거리기도 하는

먹구름이 몰려온다
그분은 늘 그쯤에서
겁나게 나를 지켜보고 계신다
야멸치게 한 대 갈기기도 한다.

의자를 힐끗

옆에 삐딱하게 있는 의자를
힘껏 민다고 밀었는데
도무지 밀리지 않는다
이 자리가 좋으니
누구에게도 내주기 싫다 한다
누구처럼

털썩 편하게 걸터앉고 싶은데
어떤 무게감으로 누르고 있는지
전혀 비켜줄 의사가 없어 보인다
그 자리를 탐하고 있으니
양보와 오만이란 걸 잊은 게지

탄탄함도 바꿔주지 않으면 녹스는 법
그 누구 같은 익숙한 고집스러움에
부실해진 손목만 탓하다
한때의 지적 판단을 떠올린다

의자를 들어 빼내곤 다시 자리를 잡았다

삶은 버티는 거라지만
그 누구와 의자와 나 사이에서
오늘 하나 통 크게 배운다.

장미와 말을 섞다

철들었는가
그녀가 고개를 숙이고 있다

시대의 흐름을 따라가는가
아우름이라는 단어를 엿들었는가
겸손은 미덕이란 걸 이제야 알았는가
참으로 빳빳했었다

자존심은 괜찮으니
자만심만 내려놓아라
향배를 달리하지 말고
고개를 더 숙이진 말라

태생이 화미한 것이 죄는 아니니
담장에 기대어 눈치 보지 말라
향취 고고함과 꼿꼿한 자태에
나 가까이 물들고 싶다

고개를 들라
꽃다운 여왕 곁에서
한 송이 꿈이 되고 싶다.

재채기

한쪽 눈이 시다
이건 돌아보라는 신호다
몸이 쪼그라든다
이건 왈칵 쏟아내라는 경고다

종종 경조사가 겹칠 때가 많다
오래된 인연들을 정리하려면
버겁게 쌓아놓았던 목록들을
조심스럽고 과감하게 흩뿌려야 한다

부고와 사고와 말다툼이 섞여 콧속까지 간질이더니
누적된 앙금에 몸서리가 덮치고
견고했던 것들이 반사적으로 뒤집히는 건
살기 위한 몸부림일 것이다

기침 한번 크게 하지 못했던 날들
주름살과 표정근에 이상 생리가 나타나면
몸을 깨우라는 자극적인 감지이며
감정 찌꺼기를 털어버리라는 징조이다

>

가래도 침도 한번 퇴악 뱉고

삶도 가끔 한 번씩 확 뱉어버리면 되는 것을,

시원하다

살았다

운이 좋은 날이다.

소원 목련

고 몽글한 향 붓으로
연서 한 장 써서
보내주실래요?
병상 첨병 다 나을 듯하니

처방전은 따로 필요 없겠습니다.

배택훈

| 배 택 훈 |

경북 김천 출생

2000년 (사)한국산림문학회 시, 수필 등단

한가위

항구에서 만난 달님
몰래 따라와

집에 가는 길
징검다리 훤히 비추네

홀로 잠든 침실
살며시 들어와

하얀 얼굴로
내 옆에 누웠네

5월

꽃피며 다가오는 살결
연녹색 이파리 옷 입고
살며시 누비는 거리

왠지 몰래 찾아오는 그리움은
소년 시절에 애태우던
그 소녀인가

날리는 꽃잎 아래에서
소년은 소녀가 보고 싶다

하얀 교복 위 댕기 머리칼은
통통 튀는 작은 강아지
꼬리처럼 출렁이고

반짝이는 포플러나무 이파리가
깃털같이 퍼덕이는
소녀의 뒤를 따라
걷던 길은 어디일까

>

아무렇지 않은 듯
홀로 논두렁길 건너
개울물에 발 담아
풀잎 배 띄우고

그 소녀 어디쯤 가나 보았던 날

개망초

꽃이라고 불리지 않아도
논두렁길 한 줌 눈물로
조각난 마음 적시며
은하수 길 놓았네

한여름 소나기 울음소리
덮어쓰고
의연하게 털어버리는
야성野性

걸어가는 길 험하고
발바닥 피멍 드는
이름 없는 꽃일지라도
이 길을 마다 할소냐

시들고 부서지기 전에
바람결에 흔들리는
너의 작은 웃음 만지며
이쁜 사랑 줄거다

요양원, 엄마 보따리

엄마는 현실이 힘겨워 천국에 갔다
천국도 지루하고 답답하여
이상을 꿈꾸고 현실에 나왔다
현실에 오니 이상에 닿을 수 없어
다시 천국에 갔다

반복되는 천국 외출에
보따리가 따라오지만
엄마의 꿈이 고스란히 담겨있는
현실 속 보따리는
한번도 풀지 못했다

가짜 천국에 엄마도 속고
나도 속고 있지만
말하지 않는다
현실에 덧없이 맴돌 뿐이다

보따리 푸는 날이
엄마의 꿈이 이루어지는 날

그날이 언제인지 모른다

오늘도 가짜 천국에 엄마의 등을 두고
발길을 돌린다
비를 머금은 하늘이 저 앞에 서 있다

그믐달, 섬에서

작은 별은 흐리고
검은 바다는 침묵하는데
형광등 아래 바다는 출렁인다

몸보다 작은 바다에서
광어는 독방 구속을 견디지 못해
유리벽 부딪치며 세상으로 튕겨 나왔다

자유가 아니면 죽으련다
내 하얀 몸 벽돌처럼 갈라서
모질게 씹어 먹어라
태평양으로 가련다

음흉한 눈빛으로 호기스럽게
소주 들이킨 어부의 아귀가
광어 살덩이를 거침없이 씹어 삼킨다
광어는 태평양으로 가는 배를 타고 갈 것이다

내 자유自由는 날개를 달아

그믐달과 취醉하고 싶어

오늘 밤 섬에서 잔다

평택 강

소사벌을 품에 안고 흐르는 강
이름 없이 갇힌 세월
소사벌 전투로 승리하여 이름을 찾았다

계곡의 물이 넘치지 않는 소사벌에

탯줄 늘인 진위천이
통복천을 통해 안성천과 공고히 연합하여
「한미연합사령부」를 울타리로 지켜주며
뻗어나가는 웅대한 물결이 있다

무명용사로 수만 년 동안 평택을 지킨
소사벌 물결은
영원히 조국의 평화를 수호하는
평택강으로 살아났다

평택호로 이어지는 대양의 물결은
평택의 역사를 풀어내면서
평택항에서 푸른 바다 속으로

거침없이 파고들어

위세 당당히 서해를 정복하고
태평양으로 진격한다

아 소사벌의 생명
위대한 평택 강이여

손창완

| 손 창 완 |

중앙일보-중앙시조 백일장

2020년 공직문학상 수상

이메일- soncw513@gmail.com

무봉산에서

발치에 진위천 두루고 솟아오른 무봉산
검푸르게 짙어지는 여름의 열기들이
잎사귀 끝에 서서 이별의 빛으로 반짝이고 있다

내 하얀 맘속 깊숙이 문 두드릴 때마다
춤을 추며 승천하는 봉황새 속삭임에
또 하나 다른 얼굴의 동그라미를 그린다

빨리 물드는 상수리 은행잎들에 언뜻
스치던 어색한 노란 빛들이 몸부림치며
뒷동산을 모조리 채색하고 있다

무너진 산성 굽이돌아 안개꽃이 지면
아이들처럼 몸 밑에 붙이고 선 낙엽송들이
제법 깊어가는 가을빛에 가벼워져 간다

천년지켜 내려온 만기사 극락전의 독송에
낙엽지고 귀뚜라미 우는 가을 꿈속에
理想만 높아져 하늘을 향해 심호흡한다

>

내가 동경하던 그 가을은 희푸릇한 꿈을
청량한 햇살처럼 물들어 가는 단풍잎처럼
하얀 눈이 내리는 문턱으로 한 발짝 다가선다

할미꽃

뽀송뽀송한 저 살결
늙어도 저리 눈부실까
비너스보다도 고운 다리맵시는
초롱초롱한 은빛 구슬에 반사되어
노을 지는 지평선 너머로 살짝 드러내
요염한 살결로 나를 울린다
울지 마라
눈물 없는 새처럼
웃지도 마라
피어도 소리가 없는 할미꽃처럼
슬그머니 아침이 오면
이슬에 젖어 시름시름한들
보리향기에 취해 주정한들
바람에 흔들흔들 날려간들
푸릇한 금잔디 이불 속에
아가처럼 잠들리라.

추억

책갈피 속에 파묻혀 있던 임의 얼굴
내 가슴에 파문이 일고 있습니다
촉촉이 내리는 가랑비 맞으며
광란하게 비치는 네온사인 거리를 헤매다
뇌리로 스쳐 가는 그리운 눈동자, 상냥한 미소
가슴에 파문을 일으키고 그날로 돌아갑니다

풀잎에 구르는 초롱초롱한 은빛 구슬
꿈속에서 피어서 눈부신 살결
밝아오는 아침에 시들어 이별한들
노을 지는 오솔길 거닐며
보리향기에 취하고
두꺼운 구름에
새벽이 가린다 해도

사랑이여!
희망이여!
슬픔이여!

눈가에 맺혀있는 눈방울
소리 없이 눈길을 끌고 갑니다.

조팝꽃

등짐을 지고 가던 그가 내게 묻는다
밥은 어디로 와서 어디로 가는 거냐고
그를 처음 만난 곳은 어느 허름한
돈 한 푼 내지 않아도
별과 달과 바람이 수시로 드나들던
하늘을 향해 입을 크게 벌린
동굴만한 구멍을
이엉대신 이고 있던 함바집
작업복 단추가 하나씩 떨어져 나갈 때마다
지붕을 뚫고 들어온 차가운 바람은
그가 지고 다니던 벽돌의 무게보다
더 무겁게
그의 허리를 짓누르곤 했다
별과 달과 꽃이 빠져 나간
그의 빈 등공에 봄빛이 들 때쯤
비가 내렸다
그가 벗어 놓고 간 안전화 한 켤레
뒷굽이 떨어져 나가 기우듬해진
그의 삶이야 어찌됐던 쓰라리지만

그래도 그가 벗어 두고 간
안전화에서 내가 편다는 것은
언제 어디에나
밥은 있다는 것이다

어머니의 밥상

동녘이 밝아 오는 아침
눈 비비고 일어나
윗목에 차려 놓은 식은 밥상 앞으로 당겨
맨 밥을 뚝딱 먹고
몽당연필 깎지도 못한 채
학교에 갑니다
수업이 끝나면
친구들과 어깨동무하고
길바닥에 먼지 날리면서
집에 들어오면 아무도 없었던
어두컴컴한 방
침침한 전등불 하나가 졸고 있는 시장 모서리
아직까지 좌판을 걷지 못하고
장사 하고 계실 어머니!
언제 오시렵니까
부엌에 나 홀로 들어 저녁밥 안쳐 놓고
기다리다 지쳐 잠들면
시간은 어느새
밤 열한 시 어깨 너머 자정 열두 시

그제서야 들어오신 어머니는
자식들 끼니 챙기지 못했다며
자신을 향해 언성 높여 혼을 냅니다

왜 그러시는지
그땐 아무도 몰랐지만
나 이제 부모가 되어 보니
내 자식의 배고픔이
곧 나의 배고픔이었음을
알게 되었습니다.
아무리 목이 메어도 또 부르고 싶은 그 이름을
지금도 불러본다

어머니!

기찻길 옆

우리가 가는 길은
아파트 밑으로 흘러 멀리멀리 흘러가다가
큰길에서 만나 다시 강을 이룬다
그 강은 예전의 강이 아니라
홍수처럼 떠밀려 흐르는 자동차 행렬

기찻길 옆으로
길게 선 아파트는 전봇대보다 높고
멀리 있는 산과 비슷한 높이로 보인다
높을수록 소리를 잘 먹는다는데
높은 사람들은 돈만 잘 먹는 세상

아파트 구멍마다
서로 다른 저녁을 준비한다
찌개 냄새가 한데 섞일 때쯤
같은 방향으로 나란히 앉아 밥을 먹지만
위아래 층 모두가 낯선 사람들뿐

늘 지나가는 기차는 오늘도

코 풀린 뜨개옷처럼 잘도 지나가건만
일에 지쳐 밥숟갈 간신히 들었다가 놓았으니
베란다 창으로 보이는
봄 여름 가을 겨울 풍경이 괜찮다던데
우리는 감히 쳐다보지도 못한다.

이명자

| 이 명 자 |

경남 하동 출생

계간 애지 등단

백련이 피었다

생의 자취를 더듬어가면
나의 본성 어딘가 있을 법한
부끄러운 습성들
꽃등 하나 만날 수 있을까

세상의 모든 것들
태양으로 바람으로
눈물을 닦아 주었던
보이지 않는 손길
굽은 등을 세워 기도를 하는
백련을 보았다

칸나

오늘도 꿈일지도 몰라요
나의 결핍은 자주 열려요
그 사이로
강렬한 것들이 마구 들어와요
거짓은 물론
선한 미소들도요

태어나면서부터 그랬던 것은 아니죠
길을 배회하는 건
오래된 습성이에요
생의 한 번
그대를
우연히라도
만날까 해서요

평택에 다시 돌아왔다

배밭이 헐렸다
떠날 때 인사조차 못한
가로수 나무들도
제법 큰 어른이 되어있다
이방인들
뿌리째 뽑힌 배밭을 잊고
건조한 도시를
살아가고 있다

구부러진 길들은
찾기 힘들어졌다
어디선가
배꽃이 흩날릴 테지
아주 잠깐 꽃향기를 그리워할 테지
견고한 빌딩 사이로
낯선 고독이 몰려다닐 테지

나는 평택에 다시 돌아왔다

오래된 산책

엄마~
오랜만이네 잘 있었나 바쁜데 와줘서 고맙다 뭘그리 싸왔노
아무것도 아니다
호박죽 과일 과자 책들 그런기다
엄마 좋아하는 기다
네가 보고 싶어서 죽을 뻔했다
엄마 힘들었재

휠체어를 신고 소풍 가는 날
엄마는
병원을 떠나는 날은 생기가 돈다
새 옷으로 갈아입고 입가에 웃음꽃이 핀다
몸보다 마음이 더 밝아진 시간
바닷가 벚꽃 아래
호박죽을 먹으며
구름 위의 산책을 했다

망초꽃

소유하지 않아도
모두를 소유하는
연약한 풀
대지 끝까지
거침없이 달려가는
달려오는

오랜 시간
비굴하지 않고
아무것도 바라지 않고
이 땅의 주인처럼
오직
생을 신뢰하는 자세로
풀이 꽃이 되는
이 순간

평창에서

오두막으로 걸어들어왔다
여기가 어디인가
무엇을 해야하나
단출한 가재도구
오래된 책들
낡은 창문으로
날파리들이 달려들었다

산속 그늘
강아지도 제집처럼 편히 잠들고
허기를 라면으로 채웠다
내가 살았던 흙집처럼
아늑하게 감싸안았다
너무 오래 떠돌아다녔다
숨을 고르는 시간이다

이태동

| 이 태 동 |

시집 『간판을 읽어봐』(2014)

동시집 『수다쟁이보고서』(2016)

공직문학상(2018)

한국아동문학상(2024)

그림동화 『하늘을 나는 오토바이』(2024)

전, 극동대 겸임교수. 초등 수석교사

한경대 평생교육원 강사

안아 줄 때

오늘도 길에 엎드려
너를 기다린다

조금 더 맘을 써야지
평생 노란 줄무늬 옷 입고 산다

숨 가쁜 아침 시간 지나면
할머니들 경로당에 모인다
이 동네가 길이 좀 안 좋아
울퉁불퉁 한 도로 빼고는
전국에서 최고지

나는 늘 땅을 안고
엎드려 있기에
다른 곳을 볼 수 없다

밤이 되자
택시가 덜커덩거리며
내 몸통 위를 쏜살같이
가로지른다

거울

송충이 눈썹
윤기 있는 피부
먼 곳 바라볼 때조차
이글거리는 눈
한층 젊어 보이는 그런 얼굴 없을까

요즘 거울 보기가 무섭다
듬성듬성한 머리
옅어진 눈썹
더 자야 할 것만 같은 흐릿한 눈
나무 표피 닮은 얼굴 주름
가차 없이 실체가 드러나
견디기 힘들다

큰맘 먹고 거울 사러 갔다
장날 재래시장 한쪽 구석에
먼지 묻은 채 서 있었다
이 정도면 되겠지
정밀하지 않아도 괜찮아

내 마음에 도사리는 위로란
진실이 아닐지라도

거울아, 이젠 너를 사랑해
예전엔 너를 투명하지 않다
투덜거렸지

자반自反 고등어

뭘, 그리 잘 못했다고

내 심장 내 가슴 내 고동 소리로
꼬리 좀 치고 살았을 뿐인데
망망대해 고등어

매끈한 온도 배에 깔고
파고와 유영했다
은빛 날개와 지느러미로
거친 고래들과 물질하며 살았다
유선형 몸매로
그 누구 부럽지 않았다

이제 수면 위
석양 핏빛보다 삶이 더 붉다
다시 대양으로 가
팔팔 뛸 시간
내일 아침 해가 우뚝 솟아오를까

제비처럼

봄에 왔다가
가을에 갑니다

음력 3월에 왔다가
음력 9월에 가는 거죠

왜, 그렇게 빨리 가요?

가고 싶어 돌아가겠어요?

정말이지,
가고 싶어 간 답니다
텃세 부리기 싫어서!

참새 까치 까마귀
뱀 고양이 족제비 새호리기 이놈들…

아, 까마득하네요

복날

잊고 살았는데 '복날'이라니
지금 경의를 표하기란
정말 어려워
알면 더 무서운가 봐
그땐 좋은 동반자였는데

어린 시절
닭들과 경주한 적 있었지
날개가 수수하고
유난히 두 발이 부드러웠던 암탉
달리다가 슬그머니 나에게
져 주었지
양보가 뭔지 알아차리게

가끔 낳는 알만 해도 그래
끙끙 앓다가 산란이 끝나면
슬그머니 내 앞에 나타나
둥근 알 헛간 '꼬꼬네'라며
고백했지

>

이제 생각하니

어쩜 좋아!

금계국

누군가 뿌려놓은 강변에
수많은 닭의 씨앗들
오롯이 피어올라 보고 또 본다
샛노란 눈망울들
건조한 바람에 뿌리 내리고
경사진 길에 홰 만들어
투박한 영토에서 한 올 한 올
깃털 심었을 것이다
수일 전
예약 해놓은 알람이
새벽 공기 타고
칼칼한 횃대에서 내려와
발걸음 옮겼으리
거친 발톱으로 꿈꾸던 세상
이제 날개 펼쳐 깃털 펄럭인다
하늘 아래
저 황금 들판
누구의 왕국인가

이용우

| 이 용 우 |

충남 예산 출생

2023년『애지』신인상 등단

첫 시집『너의 서쪽은 나의 동쪽이 된다』

수탉

오천 년을 대代 이어온
홰치는 품새
그대로,
오천 년을 향한
새벽 여는 소리가
붉다니

능청, 대놓고 떠는구나

네가 그리우면 나는 외롭다

너를 만나고
내 몸에 두 개의 움이 돋았다

그리'움' 하나
외로'움' 하나
장미 꽃,
그 곁에 가시처럼

꽃도둑 말없이 지키다가
바람 불면
달그림자 붉혀놓고
너의 뒤란을 서성인다

그래도 괜찮다!
외로워 네가 그리운 게 아니고
네가 그리워 외로운 거니까

해바라기

햇살 도서관이
공중 높이 오픈하였다
팔눈쟁이 잠자리 축하 비행하고…

다이아몬드 전집 도서들이
동근 책꽂이 행간마다
열列과 오伍에 빈틈이 없다

명작이다 싶어,

손 가는 대로 한 권 뽑아
표지를 벗겨 깨물었더니
입안 가득 군침이 흥건하고
코가 벌렁거리고
팔다리가 팔팔해졌다

초야草野의 글이
인생의 시금석이로구나

'삶'자 풀이

딱,

보아도

삶이란 글자에는

사람이 들어 있는 것 같다

그렇다 치면,

삶이란 한 글자 안에는

두 사람이 들어 있는 게 분명하다

남자와 여자,

부모와 자식,

부리는 사람과 일하는 사람들…

둘이 하나가 되어 좋은 것이

어디 사랑뿐이겠는가

일도 그렇고

여행도 그렇고

밤하늘의 별을 바라보는 것도 그러하지

아, 남남북녀가 증오의 벽을 넘나드는 바람처럼

가슴 부대껴 하나가 되어 만난다면

망초꽃이 바람과 춤을 추듯

평택 강물이 달빛과 춤을 추고

한강수와 만나 출렁출렁 큰 춤을 추겠지

삶이란 결국, 천지인의 춤이었구나

아버지의 전족纏足* 보행

평생, 산책 좋아해
낡은 운동화만 신고 살았다

며느리 혼수품으로 배달된
새 구두

구두주걱을 깊숙이 밀어 넣고
한 소동 후, 구두 속에 차오른 건
아버지의 담배 연기였다

전족纏足 여인의 걸음으로
아버지는 걷고 또 걸었다
헤지고 마른 발은
새카맣게
죽고
살이 터지고…

결혼식 날,
우리 아버지는

예식 내내 좌불안석하며
세 치 황금 연꽃※의 신음을
등 뒤로 흘려보내고 있었다

* 중국의 풍습에 따라 강제로 작게 만든 여인의 발을 일컫는 말이다.

빗소리

일곱 살 희영이는
천국에 간 엄마 품이 사무쳐
말을 잊고 웃음을 잃었다

어느 날 아이는 분필로 콘크리트 길바닥에
엄마를 그렸다
자신을 안아줄 만큼 큰 엄마가
두 팔을 벌리고 누워 있는,
아이는 땟국물 꾀죄죄한 신을 벗어
엄마의 발치에 나란히 놓았다

엄마 안쪽으로 걸어가 누운
인형 같은 아이,
허리를 구부려 두 손으로
무릎을 감싸 안고는 자장노래를 불렀다
엄마가 섬 그늘에 굴 따러가면
아기가 혼자 남아 집을 보다가…

'엄마, 엄마아…'

>

아이가 엄마 품에서 환하게 웃는데
골목길 사람들이 수런댔다

꽃잎을 후들기는 빗소리였다

장 기 혁

| 장 기 혁 |

공주 사범대 국어국문과 졸업

2003년 『자유문학』 신인상

2023년 시집 『아버지 등이 달린다』

현재 오산 운천고 교장

참외 통째로 먹기

참외를 깎아
곱게 잘라 접시에 놓아준다는데
그냥 통째로 달랬다.
내 자리로 와
통째로 한 입 베어 물으니
달콤한 참외 향이
기억의 저편 아득한 시간을 넘어
이제는 범의犯意를 덧입은
깨홀딱 시절 서리의 시간을 불러온다.
비 오는 원두막
어둠이 어스름 내리는
교교皎皎한 시간을 기어들어.
두근거리는 가슴을 억누르고
마침내 따낸 달디단 참외
빗물에 씻어 우적우적 먹어 내려가
바닥이 보이는 마지막 한 입에 남은
까칠한 쓴맛에 놀라
다시 돌아온 지금 내 자리
이제는 돌아갈 수 없는

그 맛 언저리가 몹시 그리운 것은
이제 참외를 통째로 먹지 않는
교양教養의 시대가 된 때문이다.

추일서정秋日抒情

누구나 가을을 맞으면
무너지는 세상을 본다.
열매를 내 놓기 위해
푸르렀던 왕성旺盛을 내어 놓고
대를 이을 생명의 씨앗을 뭉쳐가기 위해
저마다의 고갱이를 갈무리한다.

가을을 맞으며
이어지는 세상을 보는 자들이 있다.
혹독酷毒한 겨울이 오기 전
꽁꽁 얼어붙을 땅이 굳기 전에
생명의 불씨를 미리 떨구어
아직은 부드러운 땅속에 숨긴다.
곤충을 부리기도 하고
짐승은 물론 새까지 동원한다.

그리고 또 어떤 사람은
다시 시작될 세상을 본다.
동면冬眠을 마치고

온기溫氣 오를 풀섶에서
혹은, 담벼락 타고 내린 먼지 쌓임 위에서
녹아내린 설빙雪氷 생수삼아.
틈새 비집고 작은 순 내밀어
세상을 더듬어나가 마침내
새로운 순환循環의 고리를 이어낼

가을에 담긴 이야기.

창 밖 세상

내 책상
오른쪽 구석에 있던
조그만 화분 하나
시들 것처럼 보여
시들 때 시들더라도
햇살이나 실컷 받아보라는 마음으로
창문 열고
번쩍 들어 내 놨다.
주말 내내 밖에서 지내는 동안
바람하고 잘 사귀었는지
햇살이랑 대화가 잘 통했는지
빗물에 시원시원 샤워했는지
출근한 아침 문 열고 본 고 녀석
지금까지 본 중 제일 싱싱하다.
꽃도 두 배 이상 큰 놈으로
활짝 피웠다.
원래 친한 것들은
그들끼리 살도록 하는 것이
최선의 배려인 것 같아서 미안했다.

바람에 산들산들 고개를 갸웃갸웃하는

그 모습 사랑스럽다.

땅땅땅

문득
그이의 지적질이 늘었다.
몸이 불편해서 그러리라 했지만
궁시렁 궁시렁
구렁이 담 넘는 기분
어제 내내 못 마땅

하지만,
그이가 불편하지 않도록
요모조모로 신경쓰는 것은
거룩한 나의 의무이거늘
어따 대고 못 마땅이라는지
나는 혼나야 합땅. 마땅.

그이가
원하고 바라는 것이 무엇인지
헤아리고 헤아리는 것이
마땅하거늘
맨날 투정 부리는 내 마음은

네 곁에 바투 붙어있고 싶은

가을,

그이를 향한 가을로 만땅.

의미意味

계단을 헛디딘 것처럼
끼우뚱 휘어버린 시간을 맛보게 하는구나.
사람들은 말이다
의미를 생각하지 못한다.
마음 가는 대로
눈에 담아 닮고 싶어서
의미를 줄 수 없는 사랑이라도
그냥 그렇게 좋은 것이다.

헛헛한 세상을 가득 채우는
그런 사랑이 좋았고, 좋다.
따뜻한 마음이 오는 길섶에 앉아
도란도란 손잡고 놀던
그 의미 없는 사랑이 좋다.

누군가의 의미 없음과
어떤 사람의 상관 없음이 만나는
지점 어디쯤
별 하나만 빛나겠지?

청춘青春에게

이제 네가 조금씩 더 그리워진다.

내가 살아 지나온
한 시절時節인 줄만 알았는데
그냥 그것인 줄만 알았는데
뒤돌아보니,
너와 함께하는 동안
운동장을 가로질러 끝까지 뛰어도
지칠 게 하나 없었던
굵은 허벅지와 단단한 종아리
펄펄 뛰던 싱싱한 심장.
게다가
숱 많은 머리
숱 많은 머리, 머리, 머리….
다시 생각해도
너는 참 좋은 시간이었다.
통키타 하나 들고
공산성公山城 올라가
'웃음 짓는 커다란 두 눈동자'

금강 백사장을 향해 부르던 노래,

아마도

그땐 뒤통수까지 서늘했던

푸르게 빛나는 봄이었던 것.

너에게서 비켜선 지금

발뒷굼치라도 네게 밀어 넣고 싶다.

최 재 영

| 최 재 영 |

경기 안성 출생
강원일보, 한라일보, 대전일보 신춘문예 당선
방송대문학상 대상, 정읍사문학상 대상
거제블루시티 문학상 대상, 사하모래톱 문학상 대상
산림문화대전 대상, 성호문학상 본상
호미문학상 금상, 웅진문학상 우수상
안정복문학상 금상, 김포문학상 대상
아차산문학상 금상, 무성서원상춘문학상 대상
『루파나레라』(한국문화예술위 창작지원금 수혜)
『꽃피는 한시절을 허구라고 하자』(세종 나눔도서 선정)
『통속이 붉다 한들』

꽈배기

말랑한 도너츠 하나 집어든다
꼬여버린 젊은 날의 사랑들
뜨거운 온도를 지켜냈을까
비틀어지는 순간에는 누구나
우왕좌왕 길을 잃기 쉬운 법
굽이진 길목 어디쯤
채 걸러지지 않은 기름이 엉겨있다
하긴 비등점을 지나왔으니
어느 쪽으로 꼬이든 부질없는 사랑이겠다
입에 묻은 설탕을 털어내자
후두둑 한 시절이 지나고
서로의 젊음을 베어먹는 연인들
눈물없이는 볼 수 없는 신파가 끝나고
더 이상 끓어오르지 않는 감정들이
재탕삼탕의 순서대로 놓여있다
사랑은 금방 부풀어오르기 마련이다
저 쪽에서 뜨거운 꽈배기 한 쌍 걸어온다
끈적한 설탕과 밀가루 반죽 사이
그들은 어느 쪽으로 치우쳐 있을까

차갑게 식어버리기 전에
달큰한 팥앙금이나 한 줌씩
꾹꾹 눌러 담아야겠다

한 참

어느 나라에선가는
역을 참이라 한다지요
역과 역 사이를 한 참이라 하고
지엄한 밀서를 전하는 말발굽소리가
모래바람 뽀얗게 초원을 가로질렀다지요
한 나라의 존망이 한 참에 달린 게지요
오래 전의 아득한 풍경입니다만
불현 듯 나는 역사 속으로 뛰어들고픈 게지요
훌쩍 열차에 올라타
한 참을 한참 지나치다보니
내가 온 힘 다해 내달리는
다급한 파발마가 된 듯도 하여
나라의 위급을 손에 쥐고
국경을 넘어 잠입하는 간자인 듯도 하여
광속으로 달려가는 열차 안에서
공연히 한참을 전력질주한 게지요
우두커니 앉아서 말입니다
그러니 한 참은
뜨거운 기원이 먼저 닿는 간격인 게지요

창 밖으로 한 시절이 다녀가고
숨 가쁜 파발마의 외침이
한참을 건너가고 있습니다

적멸의 마애불

열암 계곡에 이르면
천 년을 엎드려 계신 부처가 있다
지상의 말씀들 새겨듣는지
법의 자락조차 펄럭이지 않는데
암석을 등에 지고 오체투지
산 아래 저자거리로 탁발을 떠나는 것일까
콧등 아래는 이름없는 풀꽃들이
따뜻한 봄날을 경작하느라 분주하고
미간 사이를 오고가는 개미떼
오래 전 없어진 길을 수습하는 중이다
위험천만 가파른 신전을 오르내리며
그윽한 적멸을 읽고 또 읽는 미생들
가늠하기도 아찔한 깊이를
오매불망 온 몸으로 밀고가는 사이
민들레 환한 낯빛이
완연한 봄날 몇 장 꺼내들고는
그들의 행렬을 향기롭게 피워낸다
그럴 때 부처의 눈시울은 목매이게 뜨거웠겠다
오뚝한 콧날은 찬란한 협곡이어서

달빛 푸른 봄밤도 쉽사리 넘어가질 못하고
마애불과 미생들
다시, 적멸의 순간을 이루는지
그윽한 합장이 천 년의 시간 속에서 환하다

능소화凌霄花

한동안 넝쿨만 밀어 올리던 능소화나무
좁은 골목길 담장에 기대어
황적黃赤의 커다란 귀를 활짝 열어젖힌다
한 시절 다해 이곳까지 오는 길이
몽유의 한낮을 돌아 나오는 것 같았을까
지친 기색도 없이 줄기차게
태양의 문장들이 돋아난다
서로를 의지하는 것들은
보지 않아도 뒷모습이 눈에 익는 법
오랫동안 등을 맞대고 속내를 주고받던 담장이
울컥, 먼저 뜨거워진다
누군가에게 이르는 길은 깊고도 고되어
이리 눈물겨운 기억만으로도 다시 피어나는 것이니
묵정밭 잡풀들도 온 정성으로 피어난다 했으니
내겐 꽃시절도 서릿발처럼 매운 까닭이다
온 몸의 촉수를 열어 발돋움하는 어린 잎들
그들의 발 빠른 행적이 퀴퀴한 골목을 쓰다듬는다
막 당도한 여름들이 능소화 곁으로 모여들고 있다

사과

붉은 사과 한 입 베어 물자
폭설이 쏟아진다
시린 이를 움켜쥐고 어쩔 줄 몰라 하는 사과
우물우물 달큰한 육즙이 스며드는 사이
북극의 빙벽이 와르르 허물어지고
사과는 전혀 사과할 줄 모르고
씨방 안의 씨앗을 빼내면
아찔한 현기증과 함께
밤하늘 별자리처럼 돋아나는 사과들
계속해서 사과를 베어 물면
누구나 쉽게 순간이동을 할 수 있지
반대쪽의 국경이 순식간에 사라져 버리고
좌우가 뒤바뀌고
북극과 남극이 데구루루 굴러가고
썩은 이와 사과가 한데 엉켜
입속의 세계를 진즉부터 조작하였던 것
사과가 걸어온 길
사과를 위해 찾아오는 길
미안해요, 아무리 손을 내밀어도

사과는 사과를 모르고

끝까지 서로의 표정을 읽을 수 없는데

낮과 밤이 굴러간다

잘 익은 붉은 지구가 굴러간다

모슬포

사람이 살지 못하는 못살포라 했던가요
몹쓸 바람 그리 불어 수만 년 전 누군가는
그리움을 꾹꾹 찍어 화석이 되었을까요
그때마다 가슴 들썩이는 심호흡은
멀리 가파도와 마라도에 가 닿았겠지요
한라를 넘어온 북서풍을 온몸으로 맞으며
내 희고 아름다운 등뼈는
더욱 눈부시게 빛이 났겠지요
끝까지 내몰리고 나서야
다음 생도 도모할 수 있는 법
결마다 서귀포의 파도를 잠재우느라
절벽은 제 가슴 내주었겠지요
서쪽으로 돌아 돌아서 오면
곱게 빗은 머릿결처럼
모래가 아름다운 바닷가 모슬포
등 푸른 날들을 뒤척이면
늑골마다 모래의 지문이 선명해요
지나는 노을이 가만 등을 토닥이는지
날카롭게 여울지는 한 생애

울컥이며
자꾸 푸른 물을 쏟아내고 있네요

황순옥

| 황 순 옥 |

서울출생

시와경계 신인문학상

한국문인협회회원

평택문인협회회원

시집『오래된 체온』

뿌리들의 갈증

시계는 경계선을 넘은 지 오래다
어둠은 점점 무거워지고
블록을 쌓아 둔 것 같은 창문들도
잡초 같은 소음을 거부하고 있다

그녀는 한 잔의 생각을 마시며
위태로운 화분을 바라본다
유럽제랴늄
봄볕에 채색된 푸른 잎이
소화되지 못한 채 푸석해져
밤마다 빗물과 동침을 꿈꾸는 동안
녹색의 줄기는 성장을 멈추고
팽팽하던 잎 잔주름은 염려가 되었다
뿌리들의 발바닥에 각질이 생긴 건
두고 오지 못한 팔월의 태양 때문이다
이들과 같은 집으로 이사를 한다는 건
모든 것을 건조시키는 일이다

두고 온 계절 때문일까
꽃들은 날로 수척해진다

중년의 길목에서

오전의 휴대전화는 불난 거리다
졸고 있던 숫자 몇 오후를 끌어당긴다
느닷없이 이어달리기하는 활자들
늙은 시간에 익숙지 못한 맥박은
언제나 생각을 외면한다

행방이 묘연해진 등이 과묵한 사내
하얗게 팝콘처럼 쏟아지는 너트와 볼트의 향기로
낡은 작업복 속 무릎을 다독이며
기계들의 사계절과 함께했던 기억들이
점점 줄어드는 백혈구 수치와 함께 사라져간다
공장 마당 감나무 싱싱한 나뭇잎이
땅에 떨어지는 건 순간의 일이 되었고
더 이상 붉어지지 않는 줄기에는
수분이 운반되지 않아
오래된 식빵처럼 굳어 있다

요양원 마당에는 몇 줌의 웃음이 심겨 있을까
튼튼했던 철조물이 부식되어 가고 있다

나의 안부를 묻다

속내가 궁금하다
건강 검진 전날 밤은 꿈길도 척박하다
불면증에 걸린 생각 때문일까
밤새 몸 안의 습기들이 바싹 가물어
입안이 불난 장터 같다

엘리베이터 앞 긴 호흡을 해본다
박스 안에 갇힌 불빛은 심란하다
경전을 읽는 듯한 표정들
환자복은 모두 환자를 만든다
저마다 주머니 속 걱정이 빼곡하다
장롱 속에 박혀 있던 이름이
컨베이어 벨트처럼 일정하게 움직인다
속이 더부룩한 검사들
오래 썼으니 부품 하나 교체쯤이야
라는 생각도 편할 수 없음을 부인할 수 없다
가끔 도지는 통증 하나
이곳에 던져 버리고 싶다
터무니없는 바람에 기대면
입안은 더 바싹 가문다

얼굴에 핀 꽃

얼굴에 꽃밭이 생겼다
오래전에 계획된 것을 전혀 몰랐다
꽃들의 칩거
뽑으려 하자 끝까지 저항한다
뿌리의 진원지는 어디쯤일까

긴 듯 짧은 침묵 동안
나는 가끔 거울을 화장시킨다
자꾸만 늘어나는 유리들의 검버섯
언제부터였을까
여기저기 뿌리내린 검은 꽃들
기억을 더듬어도 생각만 흔들릴 뿐
새순은 메마른 날이 계속되어도
여전히 싱싱하다
하루에도 몇 번 뽑아 버리고 싶은 심술이
또 다른 상처를 만들기도 한다
오래전
어머니는 저승꽃이라고 하셨다

>

시든 거울 속을 서성이면

순간 낯선 세상에 들어가 있곤 한다

하얀 지팡이

그녀의 오한은
서른한 살부터 시작되었다
오한의 덜미에 잡힌 태양은
항상 등 뒤에서 미행할 뿐
오래전 엉켜버린 빛들 풀 수가 없다
실명 전 눈으로 들어왔던 풀빛과 저녁의 푸르름
눈물 없이도 맡을 수 있던
미래의 예감도 전혀 떠오르지 않는다
이젠 나무의 옹이처럼 굳어버린 실명의 깊이
창밖 빗소리에 귓속 달팽이가
푸르러지는 걸 느끼는 것도 오랫동안의 지병이다
지문 속에서 회오리처럼 떠돌던 피곤한 근육들이
빗소리에 지워져 짚이지 않는다
눈을 떠도 더는 어두워지지 않는 단절의 날들

그녀는 봄이 와도 꽃을 피우려 하지 않는다

벚꽃은 지는데

꽃 보러 가자고
들뜬 목소리로 전화하더니

내가 보고 싶은 거려니 하고

분홍 꽃잎 꽃비 되어 흘러가고
온몸이 초록빛으로 물들어도
다시 울리지 않는 휴대전화 벨 소리
아니 울릴지 알고는 있지만
오늘도 행여나 하고

한 인 숙

| 한 인 숙 |

2006년 《경남신문》 신춘문예 시 당선
경기문화재단 창작지원금 수혜
안견문학상 대상, 황금찬문학상 대상,
시집 『푸른 상처들의 시간』, 『자작나무에게 묻는다』, 『콩나물은 헤비메탈을 좋아하지 않는다』, 『베짱이로 살기로 했다』
산문집 『착한 거짓말이 물어다 준 행복』

나는 새는 날개를 접지 않는다

깜깜해서 보였다
어둠이 깊으면 빛이 된다는 걸,

골목을 빠져나가는
남자의 어깨가 흔들렸다

도미노처럼 무너진 순간, 날개가 꺾였다

바람이 불었다
바람보다 빠르게 넘어지는 법을 배우지 못했다

무너진 틈에도 꽃은 피었고
버석거리는 소금꽃이 되었다

어둠이 풍경이 된 생의 중턱에서
데칼코마니 같은 아이가 토해내던 말간 울음이 흔들렸다

어둠은 흔들리지 않고
나는 새는 날개를 접지 않는다

너의 시간

리비아, 바둑에서 검은 돌 맡아줘
리비아, 은장도 품은 여인과의 밀회를 찍어줘
리비아, 귀 잘린 고흐의 인물화 그려줘
리비아, 남태평양에서 일어서는 바람의 각도 읽어줘

넌 나의 시간 가지려 하지
동쪽에서 시작해 서쪽으로 가는 태양을 학습하는 동안
나무는 하늘에 닿고
나는 사랑을 하지

리비아
바둑판 위 한 판이 검은 돌 승리로 끝날 때
여인의 정절이 세상의 품격 높일 때 그것을 실록이라 말하면 되겠니?
한 예술가의 맹목적 사랑이 귀 자를 때
태풍은 제멋대로 세력 넓히지

리비아
처음부터 너의 시간은 내 것은 아니지만 나의 뒤가 너

의 앞이 되고

세상의 기록은 미래가 되지

내가 슬플 때 너는 슬퍼 보이지 않아, 나는 슬퍼

깨를 볶다

들들 볶아야 제맛이라고요
고소한 냄새 번지면 엄지와 검지로 살짝 비틀어 바스러질 때까지,
어머니가 했던 방식대로요
태울만큼 태워야
그 맛 절정에 이른다는 것도요
하지만 씁쓸한 날이 다반사예요
세상사 볶일 일이 어디 한두 가지겠어요
타닥타닥, 탈출하는 것들 잡아들이기 바쁘네요
나가면 나가는 대로
남은 것들이나 건사하자 하면서도
거뭇하게 탄 속내 뒤적이고 있네요
덜 달궈지면 싱겁고 걸핏하면 타 버리는
나처럼요

우생마사牛生馬死라 했나요
나뭇잎보다 그늘이 깊다는 걸 언제 알게 될까요

붉음에 물들다

쿵쿵, 파도를 흔들던 뿔질이 나무로 올라섰다
꽃을 꺼내려 부드럽게, 때론 거칠게 몰아친다
꽃망울들
순하디 순한 첫울음 토하듯 꽃문 연다

동백,
저 붉디붉은 화엄에 물들지 않고 견딜 심장이 있겠는가
헐린 내 가슴도 붉게 밝혀줄 수 있는지,
꽃들의 전언을 듣는다

동백에 젖지 않고서는 사랑을 말하지 말 것이며
동백에 꺾이지 않고서는 이별을 꿈꾸지 말라던, 말씀이
꽃보다 붉다

동백 섬에 들어
우리의 사랑이 동백을 닮았다는 것을
붉디붉게 타오르다 꺾이는 한 송이 꽃이었다는 것을,

수백만의 동백 앞에서
우리, 덧없이 붉어진다

냉이꽃

밭두렁에 마주 앉아
뾰족뾰족 올라서는 수다 툭툭 털며
냉이를 캐던,

푸르게 두근거리는 봄날이었다

그때는 보이지 않던 것들
하얗게 피었다

지천으로 피어
헤프게 웃고 있다
'보고 싶어'
읊조리면 파르르 흔들리는,

너무 작아 슬프고
너무 흔해 무심한 꽃

격정이 넘쳐
속으로 가두던 너처럼

불쑥불쑥,

딴지 거는 그리움

백일홍

멀리 볼 때 더 아름다운 것이 있습니다
흔들림은 사랑이라 하셨지요
백일 피어 어찌 외롭지 않을 것이며 흔들리지 않겠습니까
꽃이 아니어도 꽃인 당신
백일, 붉은 내가 흔들리고 있습니다
보셔요
철망에 걸린 자물통이 녹슬고 있습니다
약속이란 때론 녹이 슬거나 날개 부러진 바람개비 같다는 것을,
보내지 못할 연서 얼마나 더 피워야 할까요
이 순결 드릴 수만 있다면
벌 나비 지분거려도 견딜 수 있습니다
9월 같은 당신
붉게 타올라 꿈결인 듯 오셔요

현 상 연

| 현 상 연 |

평택출생

한국 방송 통신대 국문학과 졸업

2017년 애지 봄호 신인 문학상

시집『가마우지 달빛을 낚다』

2024년 한국 예술복지재단 창작 지원금 수혜

시집『울음, 태우다』

테트라포드*

중생대 진화한 공룡의 후손일지 모를
수억 년 잠자던 테트라포드가 나타났다

조상의 내력을 기억한 직계후손
비행을 꿈꾸며 서툰 날갯짓을 시험했다

바다와 육지를 왕래하던 어느 날
지층 어디선가 암반이 충돌했고 화산폭발은
깃 떨어진 짐승을 방파제에 정착시켰다
바다의 수호신이 된 세 발 짐승
안부가 궁금한 해일이 해마다 육지로 올라오고
그 때마다 파도의 묘지가 된 방파제

바다 귀퉁이
콘크리트 블록 사이 갯강구가 살고
바다 밑,
썩은 고기로 포식하는 테트라포드
물고기는 언제나 낚시꾼을 유인하고
뉴스는 잠깐 이름만 구조하다 사라졌다

>

지상에 태풍이 부는 날이면

치밀한 구멍을 가린 채

먹이를 기다리는 테트라포드

* 해일이나 파도를 막기 위해 방파제에 사용하는 콘크리트 블록.

1시와 3시 사이

하얀 나라에 들기 위해선
몇 번의 모래성을 쌓고 허물기 반복해요
초저녁
풍선처럼 부푼 생각은 잠들고
여백으로 둘러싸인 경계의 시간
홀로 사치 누려요

침묵하던 방안공기가
드디어 움직이기 시작해요
초침을 부러뜨릴 기세로
아우성치는 시계
세계의 양을 모두 불러 모아 줄 세워요

숫자는 점점 불어나고
머릿속 풍선,
조금씩 가스가 차오르기 시작해요
말똥거리는 두 개의 빨간 구슬 굴리며
서로 비집고 나오려는 생각
누를수록 충전되는 풍선

터질 것 같아요

새벽이 눈뜨면 잠의 나라 문도 곧 닫힐 거예요

서둘러 문 앞이라도 가봐야겠어요

혹시 잠의 통로를 아는 누군가 이끌어 줄지도 모르잖아요

실종된 슈*

백색 가면을 쓰고 온 너를 안개라 했다

촘촘한 녹조 그물망에 갇힌 물고기들
믿었던 shu가 자취를 감췄다

북극곰은 빈민 구조 대상이 되었다
시원한 냉방과 따뜻한 난방에 전염병이 돌고
해수면 상승에 불가사리가 녹아내렸다

운우의 날 맞추어 파종한 구름종자는
몇 년을 기약했다
빗방울은 키가 자라지 않았다

또다시 낮게 드리운 마른안개
안개가 아니라는 의심이 떠돌기 시작했다
허공과 허공 사이로 손을 집어넣었다
안개와 동거중인 입자는 까칠한 금속성

얼마 전

한 노인이 호흡곤란으로 세상을 등졌다는
스모그 같은 뉴스도 잠깐 흘러 다녔다
물속을 활보하던 물고기는 재난 문자에 얼음이 되고
대륙을 건너온 미세먼지는 급기야 마스크를 썼다

반대쪽 공장에서 또 다시 검은 연기가 피어오르고 있다

* 이집트 신화에 나오는 공기의 신.

간 고등어

엄마를 위해 구워놓은 간 고등어
거친 파도 헤치느라
시퍼렇게 멍든 물무늬 자국
죽어서도 바다를 잊지 못한 듯 물결 이룬다

불이 닿기 전
언제나 고등어 살을 먼저 맛보는 건 젓가락
짭짤하게 출렁이는 바다 향
비린내는 언제나 잡상인을 설레게 하고
공기 속 떠도는 기름 냄새

눈치 빠른 고양이
먼저 식탁에 올라 요리조리 뒤적이며 고등어살 바른다
한 눈 팔다 기회 잃은 손
뒤늦게 너덜한 껍데기와 머리 부분 낚아채간다
안과 밖이 하얘진 접시
고등어 부재에
맨발로 달려온 바람이
빈 접시만 핥는다

>

엄마의 바다는 비린내만 풍길 뿐
허기진 삶은 자반고등어처럼
오래전 염장해둔 기억만 잔뼈 주의를 떠돈다

판, 벌이다

뜬구름 모아 비를 뿌리는 일과
사계는 있어도 축적되는 것 없는 계절

꽃샘추위엔 꼭 바람잡이가 있어
봄은 사내를 불러내거나 유인했고
남자는 스스로 불나방이 되었다
패를 흔들 때마다 행운이나 불행은
마이더스 손 혹은 마이너스 손이 되고
판이 벌어지며 더욱 화사해진 봄

그늘진 집의
안테나는 어느 쪽으로 돌려도
우환의 반대쪽이 잡히지 않는다

날 선 풀잎이 제풀에 꺾일 때쯤
누런 얼굴로 나타난 남자
봄비를 투자하면 금방 활짝 필 듯
꽃봉오리와 아지랑이로 치장된 언변이 바닥에 뿌려
진다

깨진 말이 사내에게 비수로 되돌아가고
퀭한 허공을 붙들고 있는 눈
눈치 빠른 봄기운과
달콤하게 토핑된 혀의 농간에
행운을 잡지 못했다는 그는
밤새 한 마지기 땅떼기를 잃었다

벌어진 틈으로 꽃바람의 접근이 쉬웠던 사내
낙장불입이다

비대한 슬픔

문득 낯익은 목소리가 들려
뒤돌아보면 차디찬 심장의 보고픈 이 보이지 않아
흐트러진 목소리 모을 수 있다면
허공에 떠도는 환영, 만질 수 있다면

슬픔은 점점 뚱뚱해지는데
담담하게 지내라는 공기들의 후덥지근한 말들

간절한 게 죄라면 하늘에 심장을 내걸고 실컷 울겠어

나대신 울어주던 비는 간간이 끊어지고
추적거리던 잔비 사이로 그림자를 끌고 온
햇빛의 발목 어디로 갔을까

과녁을 뚫던 화살은 꺾이고
허공에 빈 족적만 어지럽게 찍힌 길 잃은 기억

염소자리 하나 늘어난 북쪽 하늘을 보며
말 없는 말이 벼랑을 기어오를 때

부재라는 단어에 고립된 나

후회의 부표는 표류를 반복하고

눈물이 떨어지면 멀리 못 간다는 누군가 전언에

마지막 인사 옷깃으로 찍어 내네

제 23집

詩苑

발　　행　2024년 10월 10일
지 은 이　시원 문학 동인회
펴 낸 이　반송림
편집디자인　반송림
펴 낸 곳　도서출판 지혜, 계간시전문지 애지
기획위원　반경환 이형권

주　　소　34624 대전광역시 동구 태전로 57, 2층 도서출판 지혜
전　　화　042-625-1140
팩　　스　042-627-1140
전자우편　eji@ji-hye.com
　　　　　ejisarang@hanmail.net
애지카페　cafe.daum.net/ejiliterature

ISBN　979-11-5728-555-6　03810
값　10,000원

* 이 책은 2024년도 평택시 문화예술 공모사업 지원을 받아 발간되었습니다.